LA NATION

ET

Le Roi,

OU

TROIS GRANDS JOURS D'HISTOIRE.

Rarò antecedentem scelestum
deseruit pede pœna claudo.

Prop.

PAR E. MARTINAULT.

PARIS,

CHEZ TOUS LES MARCHANDS DE NOUVEAUTÉS.

1830.

LA NATION

ET

Le Roi,

OU

TROIS GRANDS JOURS D'HISTOIRE.

Raro antecedentem scelestum
deseruit pede pœna claudo

PROP.

PAR E. MARTINAULT.

PARIS,

CHEZ TOUS LES MARCHANDS DE NOUVEAUTÉS.

1830.

Imprimerie de CARPENTIER-MÉRICOURT, rue Traînée, n. 15,
près S.-Eustache.

LA NATION

ET

OU TROIS GRANDS JOURS D'HISTOIRE.

Rarò antecedentem scelestum
deseruit pede pœna claudo.
PROP.

On nous a dit : « du Roi la suprême puissance
» De vos prétentions veut trancher l'exigence.
» Déjà, depuis long-temps, ces cris de *liberté,*
» *Gloire, charte, union, patrie, égalité,*
» Mots futiles, créés par des hommes rebelles,
» Qui se jouant du trône, à son culte infidèles,
» Vont prôner des vertus que seuls ils croient avoir,
» Et de l'autel sacré dédaignent l'encensoir;
» Tous ces cris, disons-nous, viennent troubler nos veilles,
» Et de Sa Majesté fatiguent les oreilles :
» Or, Français, prenez-garde ! obéissez au Roi;
» A sa volonté sainte ajoutez plus de foi;

» Sinon, du sceptre d'or les foudres toutes prêtes,
» S'agitant dans les airs, vont écraser vos têtes!...
» Vous n'avez nul respect pour notre auguste Cour!
» Nous vous le répétons, il nous faut plus d'amour;
» Le Roi le veut!... Craignez ses bontés bien discrètes;
          » Car trente mille bayonnettes
» Pourront vous châtier avant la fin du jour ».

Oh! le Roi veut!..... Eh bien! ministres sanguinaires,
Insensés zélateurs d'un parti de sicaires,
D'un ramas tout flétri de vols, d'iniquités,
Dont la présence impure environne le monde,
Comme un deuil permanent de cent calamités;
Y jette avec dédain une terreur profonde,
Et pourtant est admise au seuil des majestés!...
Allez, vous disons-nous, allez à·votre maître,
Dire que son malheur est de nous méconnaître;
Que ses Vatinius, ayant brisé la loi,
Ont jeté dans notre âme et le trouble et l'effroi;
Que nous n'éprouvons point de fureurs endémiques,
Ni ne voulons du sang comme aux jours anarchiques:
Notre attitude est calme, et nulle hostilité
          Ne règne sur nos fronts sincères.
          Nous demandons la liberté
          Qu'avaient su conquérir nos pères,
Au canon de Jemmape, aux foudres de Valmy,
          En face d'un camp ennemi

Qu'ont couvert leurs nobles poussières !
La liberté, la loi !... Tyrans, entendez-vous ?
Nous demandons sans crainte, et sommes sans courroux...
Que si quelque malheur tombe sur notre France,
Tremblez ! car sur vous seuls s'abattra la vengeance ;
La vengeance des dieux, entendez-vous ? Le sort,
      Pour vous, n'aurait point de clémence
      Contre un si glorieux transport.
Par trente millions de ses robustes braves,
La France peut compter de rompre ses entraves.
Tout devient citoyen dans les jours de péril :
      Pères, enfans, amis, sœurs, frères,
      De vos offensives lisières
      Sauront trancher le faible fil.
Et que si, d'un anglais, ou d'un germain stupide,
Encore au poids de l'or vous achetez le cœur,
Qu'il vienne !... S'il est las de vivre sans honneur,
Il ne trouvera point de trépas plus rapide.
Mais, avant tout encore, ô ministres d'un Roi,
      D'un Roi, pour qui la vérité voilée,
A fait qu'il put manquer à sa royale foi,
Nous demandons la loi par vos mains violée,
Avec un dédaigneux et criminel effort ;
La loi, la loi sacrée !... ou le deuil et la mort !

I.

Cependant la foule s'avance
Vers le palais d'un Roi futur ;
Dans les cœurs brille encore un rayon d'espérance,
Et du vague des cieux on contemple l'azur !
Cet azur sans étoile, où l'on veut en mettre une,
Dans le moment, n'a rien qui pressente le deuil....
O bon peuple ! tes vœux n'ont point eu de tribune !
Tu n'a plus qu'à choisir : la mort ou l'infortune
Vont t'attendre à ton natal seuil ;
Car, dans peu, les moteurs de la peine commune
Vont ouvrir un vaste cercueil.

LES ROYAUX.

Allons, retirez-vous ; allons qu'on obéisse ;
Les ordres sont précis pour nous :
Que votre foule s'éclaircisse ;
Fuyez, fuyez, ou feu sur vous !

— Ils feront feu !... grands dieux ! ils en sont bien capables !
Les lâches ! les cruels !... Non, nous ne fuirons pas !
Non ! de la liberté les accens formidables,
En nous guidant, font voler le trépas
Sur le front pâle des coupables !

UN OFFICIER ROYAL.

» Soldats, garde à vous! Peloton,
    » Vivement apprêtez vos armes;
» Faites votre devoir: feu! » — Du tonnant canon,
Déjà, le bruit au loin a porté les alarmes!
Français! l'entendez-vous!!... Sur le rouge horizon
    De notre rive occidentale,
Le soleil nous prédit que c'est le dernier son
Que produit en croulant la puissance royale.

    — Silence, amis! reployons-nous;
    Cachons encor notre courroux,
    Et surtout point de clameurs vaines.
    Grande énergie au fond du cœur,
    Unie aux mots : patrie, honneur,
    Fera tomber avec nos peines
    Les plus inextricables fers,
    Aux yeux surpris de l'univers.

    Regagnons tous notre demeure :
    Mais lorsque de la troisième heure,
    Annonçant l'aube du matin,
    Tintera le timbre argentin,
    Rallions-nous pour la vengeance
    Écrite au livre du destin;
    En avant, les fils de la France,
    Sonnons un immortel tocsin!

II.

La nuit tombe, et du ciel la clarté blanchissante
Semble répercuter, de la lutte sanglante
    Ce soudain et premier signal.
    — O! du monde antique fanal!
    O blanche lune, astre magique!
De l'heure indéfinie où ta création
Est sortie à son tour d'un sens métaphysique,
Jusqu'à ce jour, dis-moi, ton mystérieux disque,
Roulant autour de nous comme une fiction,
A-t-il vu dans son cours d'aussi grandes misères,
    D'aussi tristes destructions?...
Des frères et des fils tuant, broyant des frères,
Des femmes, des vieillards, des enfans et des mères
O douleur!... du carnage atroces actions!...
    Que deviendraient les nations,
S'accusant tour à tour dans leur douleur profonde,
Si l'électrique feu, courant par tout le monde,
Entassait les mourans dans l'abime sans fin,
S'ouvrant aux noirs accens d'un infernal destin?...
—Rien.—Plus de mortels!—Rien! plus de ciel ni d'étoiles;
Plus de globe mouvant, plus de soleil enfin :
Une nuit de néant avec d'éternels voiles.
—O mon Dieu!... tout cela pour un roi, pour un homme!
— Un homme! — Non. — Plusieurs. Un organisateur

Des gothiques primats de la rouilleuse Rome,
Un Metternich sans foi, dont le front sans pudeur
N'a jamais pu rougir, quand, d'une soldatesque
Il prétend réformer, sous le sope sanglant ;
    Le goût d'une gloire tudesque ;
Un autre, un Wellington, don Quichotte vivant,
    Ayant tiré toute sa gloire
    Du casuel d'une victoire
    Qui fut flétrie en l'achetant ;
Autre encor, Polignac, sicilien vicaire,
Exotique français, dont l'esprit trinitaire
    N'a pu trouver d'expressions
Pour raisonner sans peur au seuil parlementaire.
    Voilà, voilà de nos dissentions
    Les premiers fauteurs sacriléges !
Et bien d'autres hélas ! Titres et priviléges
Ont, de la liberté, toujours fatal fléau,
    Creusé dans l'ombre le tombeau.
Qu'ils aient peur cependant ! De Damoclès l'épée
    Est suspendue à leurs plafonds ;
Oh ! qu'ils aient peur ! car la lame est trempée
    D'incurables poisons.

Le ciel blanchit…. Oh ! que l'aurore est belle !
Salut, beau jour ! salut, vaste avenir !
Hommes d'un vain pouvoir, commencez à frémir :

Déjà d'un peuple immense, à votre sentinelle
Les armes ont appris qu'il fallait en finir.

— Les tyrans nous ont crié : guerre !
Français ! rallions-nous sous la vieille bannière
Qui vingt ans a guidé nos pas triomphateurs ;
    A l'apcct de ses trois couleurs,
    Le ciel s'entend avec la terre.

    Aux armes, Français ! à l'honneur !
    Le souvenir de notre gloire
    Dit que l'heure de la victoire
    Sonne déjà dans notre cœur.
    Ils ont commencé le carnage !
    Ils voudraient river l'esclavage !...
    Aux armes ! le sombre beffroi
    Va proclamer cette sentence :
    D'un vil pouvoir sauvons la France ;
    Mort aux satellites du roi !

    Les tyrans nous ont crié : guerre ! etc.

    De son roc noir et sourcilleux,
    Notre vieil aigle tutélaire,
    Secouant sa plume légère,
    S'élance et plane au haut des cieux ;
    Son œil brille, et sa noble tête
    Se dresse et fixe une tempête
    Qui murmure dans le lointain :

» Oh ! se dit-il, l'heure est venue
» Où l'oriflamme vermoulue
» N'a plus qu'un jour, sans lendemain.

» Les tyrans vous ont crié : guerre !
» Français, ralliez-vous sous la vieille bannière
» Que portèrent vingt ans mes pieds triomphateurs ;
    » A l'aspect de ses trois couleurs,
    » Le ciel s'entend avec la terre.

    » Courage, enfans ! ranimez-vous !
    » Plus d'un grand peuple vous contemple ;
    » Il n'est point de si bel exemple
    » Qui ne soit imité par tous.
    » D'Ibérie, où traînent des poudres,
    » Où jadis je portai mes foudres,
    » Un vaste écho va retentir :
    » Il va crier que l'inertie
    » Cause esclavage et rompt la vie
    » De qui ne sait vaincre ou mourir.

    » Les tyrans vous ont crié : guerre ! etc.

    » Oh ! que vous savez bien, mes fils,
    » Jouer du fer de la vengeance !
    » J'avais donné cette science
    » A vos vieux pères d'Austerlitz :
    » Mais comme ils vous l'ont bien apprise !
    » Que leur âme l'a bien transmise

» A vos cœurs jeunes et brûlans !
» Jamais Sparte, au jour de ses gloires ;
» Jamais Rome, dans ses victoires,
» N'ont eu braves aussi vaillans.

» Les tyrans vous ont crié : guerre ! etc.

» Renversez ces pâles tyrans,
» Qui, revenus de leur audance,
» Dans peu viendront demander grâce
» D'avoir pris, pour nains, des géants !
» Devant vous, que tout se disperse ;
« Imitez une immense herse,
» Éboulant, broyant des sillons :
» Des longs flots du sang de leur vie
» La terre renaîtra fleurie,
» Pour réjouir vos bataillons.

» Les tyrans vous ont crié : guerre !
» Français, ralliez-vous sous la vieille bannière
» Que portèrent vingt ans mes pieds triomphateurs !
» A l'aspect de ses trois couleurs,
» Le ciel s'entend avec la terre ».

Ils l'ont voulu. — Tout s'active à grand bruit ;
Le plomb, croisant le plomb, va sifflant dans les rues,

Et porte un coup rapide à celui qu'il poursuit ;
Une morne fumée, en montant dans les nues,
Dérobe par momens le faîte des maisons ;
De tous côtés, on voit le fer avec la flamme
Poursuivre vivement la gothique oriflamme
Qui de sang tant de fois a taché ses haillons.

De toutes parts, des barricades,
Comme de propices crénaux,
S'élèvent par les mains de nos jeunes héros ;
Saint-Denis, Saint-Antoine, et quais, et promenades,
Tout s'arme, tout se bat ! boulevards et faubourgs,
Tout est en feu !... Le tocsin, les tambours,
Au bruit sourd, foudroyant, du canon, des mitrailles,
Semblent, en annonçant de vastes funérailles,
Du mouvement du monde anéantir le cours.

Arcole !... à ce grand nom, on sent vibrer son âme !...
Arcole ! jeune enfant, tout brave d'avenir,
Tout fier de chercher à mourir,
Ivre de gloire et plein de flamme,
Tombe !... attache à ce nom un double souvenir !
—Un amant de la simple lyre
S'est trouvé là. Plus d'une fois,
Il reverra ce lieu pour pleurer, pour sourire,
Assistant chaque fois, dans son rêveux délire,
Par la pensée errante à d'immortels exploits.

Quel est donc ce guerrier dont la servile audace

Commande à des soldats de mitrailler la place?...
Oh! nous le connaissons à son cordon ducal!
C'est l'un des serviteurs du moderne Annibal;
    C'est l'un de ces hommes transfuges
    Du puissant sceptre impérial,
    Qui, pour ce qu'ils ont fait de mal,
    N'ont point encor trouvé de juges.

    Encore un jour, ils tomberont!
    Oui, tels que ronces dépouillées,
    Tels que jaunissantes feuillées,
    Du haut des monts ils rouleront!
    Le sombre vent du pâle automne
    N'épargne rien; il découronne
    Sans pitié tous les bois vieillis;
    Et soudain l'aquilon terrible
    Renverse la tige des lis,
    Comme le vieux chêne insensible.

    Plus tard, un jour, un beau printemps,
    Éternel, luira sur la terre;
    Son influence tutélaire
    Ravivera ses fiers enfans.
    Hélas! on voudrait les morfondre!
    Mais la vérité sait confondre
    Qui veut la plonger dans la nuit;
    Son astre ranime sans cesse,
    Dans toutes ses phases, il luit
    Sur une immortelle jeunesse.

Mais qu'ai-je vu?... Notre destin
Présage une gloire complète :
Parmi nous brille Lafayette,
Comme un bel astre à son déclin !
Noble fils de la république,
On a vu la jeune Amérique
Le prendre pour divinité ;
Les hommes l'appellent sans cesse
L'apôtre de la liberté,
Et le Nestor de la sagesse.

Oh ! d'une grande ovation,
Français, saluez sa présence !
Sa force invaincue est prudence,
Et son pouvoir, opinion.
Lui seul peut vous guider sans doute
A travers la brillante route
S'offrant à vos pas glorieux ;
Et l'étoile de son génie
A des reflets plus lumineux
Que le soleil de votre vie.

III.

Déjà le jour n'est plus, et le feu lentement
S'éteint pour s'allumer de moment en moment.
Tel, sur un fleuve immense, au sein de noirs nuages,
Brille un rapide éclair, précurseur des orages :
Soudain gronde un tonnerre au bout de l'horizon :
  L'écho des airs, sur les rivages,
  En répète le morne son.

  Mais de l'activité, dans l'ombre,
  Se meuvent les bras vigoureux ;
  On voit des cartouches sans nombre,
  Des ateliers mystérieux
Sortir, et circuler dans nos rangs belliqueux.

  Tout guerrier accueille avec joie
  Cet aliment à sa valeur;
  Sa dent en mord, déchire et broie
  L'extrémité : sitôt son cœur
Bouillonne du désir d'abattre un oppresseur.

  Avec des chênes séculaires,
  Des soliveaux, des meubles d'or,
  S'amoncèlent de lourdes pierres....

Chacun brûle d'un saint transport;
Et, tel qu'un aigle, affronte et la foudre et la mort!

Comme un rocher inaccessible,
Paris s'offre en ce grand moment;
Sa volonté forte, inflexible,
Semble attendre le dénouement
De ce drame sublime où le peuple est géant.

Telle, au milieu des mers océaniques,
Une vague en courroux s'élance au haut des airs :
Tel un vent formidable, au sud des Amériques,
Semble vouloir briser un bout de l'univers.

O Charles! que dis-tu pendant ces lentes heures
Où le deuil, entourant tes superbes demeures,
Doit faire dans ton cœur tomber le repentir?...
Sans doute, il s'en échappe un triste et long soupir;
Tu deviens homme enfin... Oh! oui, ta peine est grande!
Et tu voudrais, des maux que ton âme appréhende
Voir le dernier moteur sous terre enseveli;
Et son nom inconnu reflotter dans l'oubli.
— Mais non!... Le Roi ne peut se repentir encore!......
Que dit-il?... écoutons. « Fantôme que j'abhorre,
» Liberté! que viens-tu revendiquer?... Les droits
» Des Français mutinés à ma royale voix!...

» Y penses-tu? leurs droits! c'est de moi qu'ils les tiennent,
» De moi, qui par Dieu règne, et qui veut qu'ils s'abstiennent
» De murmurer... J'ai dit : je veux; car Dieu voulut.
» Oh! qu'on le sache bien : hors moi, point de salut !
» Notre féal ministre a de notre couronne
» La volonté suprême; ainsi, le ciel l'ordonne.
» Quant à toi, dont le souffle est si fatal aux rois,
» Liberté, porte ailleurs ta populaire voix!
» C'est en vain que t'encense une foule idolâtre:
» En France, tu n'es plus qu'une idole de plâtre.
» Retire-toi, va, fuis!... ou je te briserai! »

Il dit; et la Liberté sainte,
Relevant tout-à-coup son front pâle et sa cré :
« Charles! l'astre du jour dore la vaste enceinte
» Du palais où naguère on observait ta loi :
» Vois! à ses premiers feux, la flamme tricolore,
» En flottant dans le ciel comme un grand météore ;
» Te dit que des Français enfin tu n'es plus Roi. »

Tout est fini. — Mais jadis cent batailles,
De nos frères ont vu l'immortelle valeur ;
    Et jamais tant de gloire et d'honneur
    N'ont illustré si jeunes funérailles.
Gloire! gloire cent fois! à ces enfans-héros,
    Tombés, foudroyés jusqu'aux os,

Sous de dévorantes mitrailles!
Que l'immortalité plane sur leurs tombeaux!

Objet des souvenirs des beaux-arts homériques,
　　Modèle des grands monumens,
　　Panthéon, sous tes hauts portiques,
Laisse entrer ces héros, aux âmes tout antiques,
Sous l'asile immortel de leurs froids ossemens!
　　Peut-être que dans notre histoire,
　　Quelques pages à leur mémoire,
Un jour, à l'avenir, plein de trouble, d'effroi
Et d'admiration de leur commune gloire,
　　Les offriront plus grands encor que toi.

Vétéran de Jemmape, enfant de la patrie,
Roi des Français, salut! salut, Roi-citoyen!
Autour de toi la France, en chantant, se rallie
Et forme, environnant ta famille chérie,
　　Un indestructible lien.

Son hymne t'est connu; car, dès ta tendre aurore,
Ta bouche en murmurait les électriques tons;
Errant et voyageur, plus d'un écho sonore,
A ta voix, doucement, les répétait encore
Aux glaces de l'Ohio, comme aux sommets Lapons.

Tu chérissais aussi ces couleurs triomphantes
Que contemplait l'Europe, aux jours de nos exploits ;
Et ton cœur s'en parait ! De tes mains bienfaisantes,
Ah ! presse-les encore ! elles sont inhérentes
A l'éclat de ton sceptre, à la France, à ses droits.

Oui, tant que l'aigle aux cieux prendra son vol immense,
Tant que le roc noirci sur sa base, éternel,
Des tempêtes du sort bravera l'inclémence,
De Philippe, on verra les enfans de la France
Soutenir le trône immortel !

IMPRIMERIE DE CARPENTIER-MÉRICOURT, RUE TRAINÉE, N° 15, PRÈS S.-EUSTACHE.

9 782013 580151